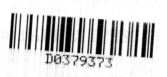

40 Fables d'Ésope en BD

Scénario et dessins :
Marc Thil

Les bandes dessinées s'inspirent très librement du texte grec et de la traduction d'Émile Chambry (1864-1938).

Dépôt légal : avril 2016
Loi n° 49-956 du 16 juillet 1949 sur les publications destinées à la jeunesse

TABLE

(l'ordre alphabétique des fables se trouve en fin de livre)

À propos des fables...

• Qui était Ésope ?

Ésope (personnage peut-être légendaire) aurait vécu il y a environ 2500 ans en Grèce. On lui attribue environ trois cent cinquante fables écrites en prose dans un langage simple.

• Qu'est-ce qu'une fable ?

Une fable est une petite histoire, souvent amusante, terminée par une moralité (ou morale), destinée à enseigner aux hommes une certaine sagesse. Elle met le plus souvent en scène des animaux ressemblant aux hommes.

• Qui a traduit les fables d'Ésope ?

On a traduit les fables d'Ésope à toutes les époques. La traduction la plus connue du grec au français est celle d'Émile Chambry (1864-1938).

• Quel est le rapport entre les fables d'Ésope et les fables de Jean de La Fontaine ?

Au 17e siècle, Jean de La Fontaine a repris bon nombre des fables d'Ésope et les a adaptées en vers. On remarque des différences dans les histoires, les moralités, ou même les titres...

• Actuellement, lit-on plus les fables d'Ésope ou celles de La Fontaine ?

En France, on connaît beaucoup mieux les fables de La Fontaine, mais dans le reste du monde, on lit principalement les fables d'Ésope (« Aesop's Fables » en anglais).

• Lire les fables

On peut bien sûr lire à la suite toutes les fables, mais ce qui est intéressant, quand on les connaît un peu, c'est de trouver une fable qui s'applique à notre état présent. Cela reste difficile… alors qu'il est très facile de trouver une fable qui s'applique à quelqu'un d'autre ! Pourquoi ? La réponse nous est donnée dans la fable *Les deux sacs*.

1 LE SINGE ET LES PÊCHEURS

Un singe observait des pêcheurs jeter un filet dans la rivière...
Pêcher a l'air facile, je vais essayer.
!
Mais je risque de me noyer !
Quand on se mêle d'affaires qu'on ne connaît pas, non seulement on ne gagne rien, mais encore on se crée des problèmes !
Marc Thil 40 Fables d'Ésope en BD

2 LA POULE AUX ŒUFS D'OR

Un homme avait une belle poule qui lui pondait des œufs d'or...
Elle doit avoir une masse d'or énorme en elle !
?
COT
le seul moyen de le savoir, c'est de tuer ma poule et de l'ouvrir !
Un peu plus tard...
C'était une poule comme les autres. Maintenant que je l'ai tuée, plus d'œufs en or !
En pensant trouver la richesse d'un seul coup, cet homme s'était privé même du petit profit qu'il avait tous les jours.
Apprends à te contenter de ce que tu as !
Marc Thil 40 Fables d'Ésope en BD

3 LA POULE ET L'HIRONDELLE

Tiens, des œufs abandonnés... Je vais les couver.
Tu es folle ! Ce sont des œufs de serpent que tu couves !
Tu ne vas quand même pas élever des serpents. Une fois grands, ils feront de toi leur première victime !
Même les plus grands bienfaits ne peuvent venir à bout de la méchanceté !
Marc Thil 40 Fables d'Ésope en BD

4 LA BICHE ET LE LION

Une biche était poursuivie par des chasseurs...
Une grotte !
Bien cachée ici, je suis en sécurité !
En sécurité ici, tu crois ?
Parfois, la crainte d'un moindre danger nous jette dans un autre encore plus grand !
40 Fables d'Ésope en BD
Marc Thil

5 LA CIGALE ET LES FOURMIS

On était en hiver, une cigale qui avait faim s'approche des fourmis...
Avez-vous de quoi manger ?
Pourquoi n'as-tu pas fait comme nous ? Nous avons amassé du grain durant tout l'été.
Euh... Je n'en ai pas eu le temps... Cet été, je chantais.
Tu chantais en été ! Eh bien, danse en hiver !
Il faut toujours être prévoyant si l'on veut éviter le chagrin et le danger.
Marc Thil
40 Fables d'Ésope en BD

6 LA TORTUE ET L'AIGLE

Je veux que tu m'apprennes à voler.
Mais tu n'es pas faite pour voler, je te l'ai déjà dit !
J'y arriverai !
Puisque tu insistes tant !
Merci !
Maintenant, vole si tu peux !
Quand on cherche à rivaliser avec les autres, malgré les plus sages conseils, on se fait du tort à soi-même !
Marc Thil 40 Fables d'Ésope en BD

7 LA TORTUE ET LE LIÈVRE

8 LE CHIEN ET LE COQUILLAGE

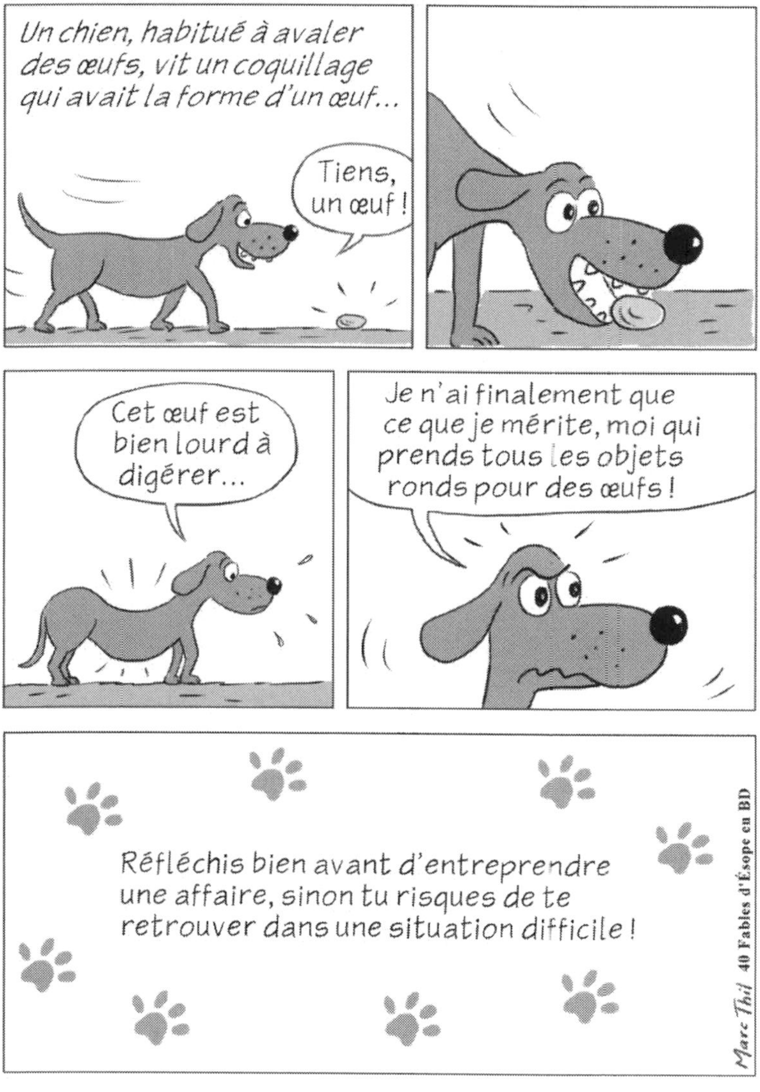
Un chien, habitué à avaler des œufs, vit un coquillage qui avait la forme d'un œuf...
Tiens, un œuf !
Cet œuf est bien lourd à digérer...
Je n'ai finalement que ce que je mérite, moi qui prends tous les objets ronds pour des œufs !
Réfléchis bien avant d'entreprendre une affaire, sinon tu risques de te retrouver dans une situation difficile !
Marc Thil 40 Fables d'Ésope en BD

9 LE CHIEN ET SON MORCEAU DE VIANDE

Un chien tenant un morceau de viande traversait une rivière.
En voyant son reflet dans l'eau, il crut apercevoir un autre chien.
Oh ! Il a un morceau de viande encore plus gros que le mien !
Tant pis, je lâche le mien et je prends l'autre !
Mais où est passé l'autre morceau ?
Le chien perdit l'un et l'autre. L'un parce qu'il n'existait même pas, et l'autre parce qu'il avait été entraîné par le courant.
Garde-toi du désir de posséder ce qui appartient aux autres !
Marc Thil 40 Fables d'Ésope en BD

10 LA FEMME ET LA POULE

Une femme veuve avait une poule qui lui donnait un œuf tous les jours...
Si je lui donnais plus d'orge à manger, elle pondrait deux fois par jour !
Tiens, mange encore !
COT
Mais la poule devint si grasse qu'elle ne fut même plus capable de pondre une fois par jour !
Z Z Z
Quand on cherche à avoir toujours plus, on perd même ce que l'on possède !
Marc Thil 40 Fables d'Ésope en BD

11 LE CHOUCAS ET LE RENARD

J'ai faim, mais ces figues sont trop vertes...
Je vais attendre ici qu'elles mûrissent.
Ça fait des heures que tu restes là-haut. Pourquoi ?
J'attends que les figues soient mûres !
Tu as tort. L'espoir apporte beaucoup d'illusions et ne te nourrira pas...
Marc Thil 40 Fables d'Ésope en BD

12 LE CHOUCAS ET LES CORBEAUX

Un choucas, qui dépassait en taille les autres choucas, méprisait tous ceux de sa tribu...
C'est décidé, je vais vivre chez les corbeaux.
Mais une fois arrivé chez les corbeaux...
On ne te connaît pas. Repars chez toi !
Et de retour chez les choucas...
On n'était pas assez bien pour toi... Eh bien, tu n'as qu'à repartir !
Si tu préfères un autre pays à ta patrie, tu risques là-bas d'être rejeté comme étranger, et, de retour chez toi, ton mépris t'aura rendu odieux.
Marc Thil 40 Fables d'Ésope en BD

13 LE LOUP ET LE CHEVAL

Un loup, traversant un champ, y trouva de l'orge.
Pas moyen de manger ça !
J'ai trouvé de l'orge. Je ne l'ai pas mangée. Je l'a gardée pour toi.
Pour moi, pourquoi ?
J'ai du plaisir à entendre le bruit de tes dents !
Hé ! l'ami, si les loups mangeaient de l'orge, tu n'aurais jamais préféré tes oreilles à ton ventre !
On ne croit pas les gens naturellement méchants, même quand ils se vantent d'être bons !
Marc Thil 40 Fables d'Ésope en BD

14 LE LOUP RASSASIÉ ET LA BREBIS

Une brebis morte ?... Non, c'est une ruse.
Rassure-toi, je ne te veux pas de mal ! Dis-moi seulement trois choses vraies et je te laisse partir...
Déjà, je n'aurais pas voulu te rencontrer ou, à défaut, te trouver aveugle...
La troisième vérité, c'est que je voudrais vous voir tous morts, vous, les loups, qui attaquez des brebis sans défense !
Je reconnais que tu n'as pas menti. Tu peux partir.
Souvent, la force de la vérité est grande, même sur des ennemis !
Marc Thil 40 Fables d'Ésope en BD

15 LE CORBEAU ET LE RENARD

Un corbeau avait volé un morceau de viande...
Corbeau, tu as beaucoup de qualités...
Tu as une belle taille, de la beauté. Tu mériterais même d'être le roi des oiseaux !
Je suis certain que tu serais déjà devenu roi, si tu avais de la voix !
Mais j'en ai de la voix !
CROA
CROA
Ô corbeau, si tu avais aussi un peu de jugement, il ne te manquerait rien pour régner sur les oiseaux !
Cette fable s'adresse aux sots !
Marc Thil
40 Fables d'Ésope en BD

16 L'ÂNE ET LE JARDINIER

Un âne travaillait dur chez un jardinier et mangeait peu...
Ô Zeus, permets-moi de changer de maître !
Un peu plus tard chez un potier...
C'est encore pire qu'avant !
Zeus, permets-moi encore de changer de maître !
Peu après...
CEINTURES ET ARTICLES EN CUIR
Cette fois, c'est ma peau qu'on veut !
Les nouveaux maîtres font souvent regretter les anciens !
Marc Thil 40 Fables d'Ésope en BD

17 L'ÂNE REVÊTU DE LA PEAU DU LION

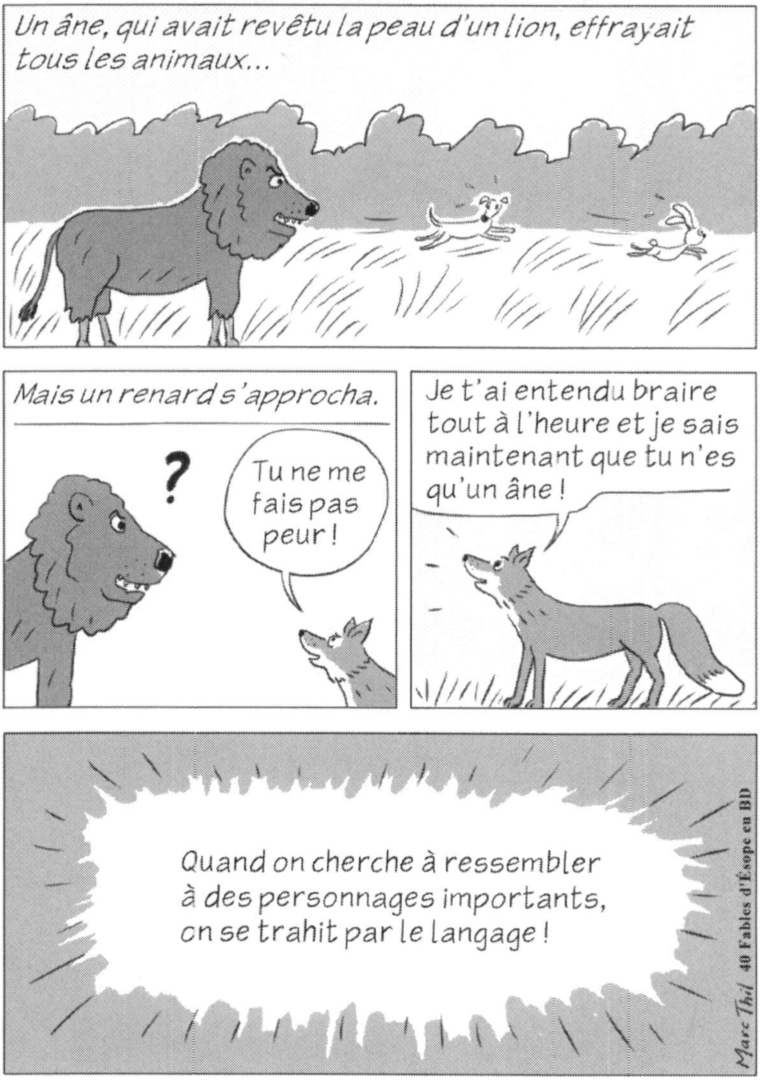
Un âne, qui avait revêtu la peau d'un lion, effrayait tous les animaux...
Mais un renard s'approcha.
?
Tu ne me fais pas peur !
Je t'ai entendu braire tout à l'heure et je sais maintenant que tu n'es qu'un âne !
Quand on cherche à ressembler à des personnages importants, on se trahit par le langage !
Marc Thil 40 Fables d'Ésope en BD

18 LA LAMPE

Une lampe à huile qu'on venait de remplir jetait une vive lumière...
Je brille, je brille !
Je brille encore plus que le soleil !
Soudain, un courant d'air...
Éclaire, lampe, et tais-toi : l'éclat du soleil ne connaît pas d'éclipse !
Ne te laisse pas aveugler par l'orgueil quand tout te réussit !
Marc Thil 40 Fables d'Ésope en BD

Chic ! Une marmite de viande !

C'est délicieux !

Mais peu après...

Je me noie !

J'ai mangé, j'ai bu, j'ai pris un bain... La mort peut venir, que m'importe !

Les hommes supportent facilement la mort quand elle survient sans douleur.

Marc Thil 40 Fables d'Ésope en BD

20 LA FOURMI ET LA COLOMBE

Une fourmi allait se noyer.
Tiens, accroche-toi à cette brindille !
Ouf, sauvée !
Plus tard, la fourmi vit un oiseleur mettre de la glu sur l'arbre pour prendre la colombe...
Je vais te mordre au pied !
AÏE !
Comme la fourmi, il faut savoir rendre un bienfait.
40 Fables d'Ésope en BD
Marc Thil

21 LA ROSE ET L'AMARANTE

Une amarante aux belles fleurs rouges admirait la rose...
Rose, tout le monde t'aime !
Tu as la beauté et le parfum...
Oui, mais je ne vis que peu de jours... et je me fane vite...
Mais toi, tu es toujours en fleurs et tu restes toujours aussi jeune !
Il vaut mieux vivre longtemps, en se contentant de peu, plutôt que de vivre dans le luxe quelque temps pour subir ensuite le malheur !
Marc Thil 40 Fables d'Ésope en BD

22 LE CERF ET LE LION

J'aime mes cornes qui montrent ma force... mais je n'aime pas mes jambes, elles sont trop fines !
Un lion !
Le cerf distança le lion dans la plaine grâce à ses jambes.
Mais dans le bois...
Malheur ! Mes cornes se sont prises dans les branches !
Ce sont mes jambes qui me sauvent ; et ce sont mes cornes, en qui j'avais toute confiance, qui me perdent !
Souvent, dans le danger, l'ami, dont nous n'étions pas sûr, nous sauve, et celui sur qui nous comptions, nous trahit.
Marc Thil 40 Fables d'Ésope en BD

23 LE CHAMEAU ET ZEUS

J'ai de belles cornes !
J'en suis jaloux...
Le chameau alla trouver Zeus...
J'aimerais avoir des cornes comme le taureau.
Quoi ! Ta taille et ta force ne te suffisent pas ? Tu en veux toujours plus !
Voilà tout ce que tu vas obtenir : je vais te raccourcir les oreilles !
Tu as tellement envie de ce que possèdent les autres que tu ne t'aperçois pas qu'on t'enlève tes propres avantages !
Marc Thil
40 Fables d'Ésope en BD

24 LE CHAMEAU QUI TRAVERSE UNE RIVIÈRE

Un chameau traversait une rivière au cours rapide...
Qu'est-ce que c'est ?
Mais c'est la crotte que je viens de lâcher...
Ce qui était derrière moi me passe devant !
De la même manière, il y a des États où les derniers des imbéciles prennent la place des gens sensés !
Marc Thil 40 Fables d'Ésope en BD

25 LE CHAT ET LES POULES

Toutes mes poules sont malades.
Je viens pour vous soigner...
Comment vous sentez-vous ?
Bien, si tu t'en vas d'ici !
Même s'ils font semblant d'être honnêtes, les méchants n'arrivent pas à convaincre les hommes sensés.
Marc Thil 40 Fables d'Ésope en BD

26 LE CRABE ET LE RENARD

Je vais chercher à manger sur la plage...
Comme je n'ai rien d'autre à me mettre sous la dent, je vais manger ce crabe.
Je mérite ce qui m'arrive, moi, un habitant de la mer qui ai voulu devenir terrien !
Si tu abandonnes tes propres occupations pour te mêler d'affaires qui ne te regardent pas, tu peux t'attendre à connaître le malheur !
Marc Thil 40 Fables d'Ésope en BD

WOUF

27 LE JARDINIER ET LE CHIEN

?
WOUA!
Il est tombé au fond du puits !
WOUF
Je vais le délivrer !
On y va !
Et s'il venait m'enfoncer encore plus ?
GRRR
C'est bien fait pour moi. Je n'aurais pas dû le tirer de là !
Cette fable s'adresse à ceux qui sont injustes et ingrats !
Marc Thil
40 Fables d'Ésope en BD

28 LE LION ET LA GRENOUILLE

?
COA
COA
Quoi ! avec une si petite taille, tu pousses de si grands cris !
COA
!
Prends garde à toi, bavard, incapable d'autre chose que de parler !

Marc Thil 40 Fables d'Ésope en BD

29 LE LION ET LE RAT

Si tu me laisses en liberté, je te rendrai ce bienfait...
Ah, ah. Toi, me rendre quelque chose !... Va, tu es libre.
Peu après, le lion fut capturé par des chasseurs. Le rat entendit ses gémissements...
Je vais te délivrer en rongeant tes liens !
Tu t'étais moqué de moi parce que tu n'attendais rien de ma part... Et pourtant, je t'ai délivré !
Quand la chance tourne, les gens les plus puissants ont besoin des plus faibles.
Marc Thil 40 Fables d'Ésope en BD

30 LE MOUSTIQUE ET LE TAUREAU

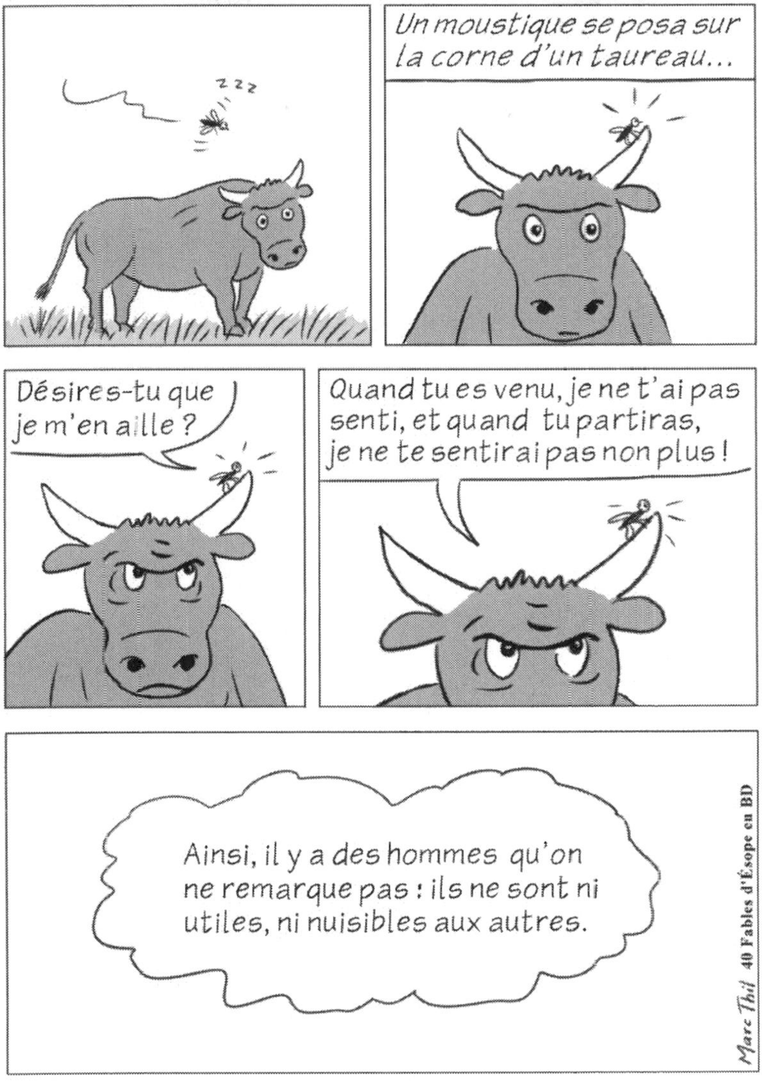
zzz
Un moustique se posa sur la corne d'un taureau...
Désires-tu que je m'en aille ?
Quand tu es venu, je ne t'ai pas senti, et quand tu partiras, je ne te sentirai pas non plus !
Ainsi, il y a des hommes qu'on ne remarque pas : ils ne sont ni utiles, ni nuisibles aux autres.
Marc Thil 40 Fables d'Ésope en BD

31 LE PAYSAN ET SES ENFANTS

Un paysan voulait transmettre à ses enfants son expérience en agriculture… Comme il allait mourir, il les appela.
Je vais quitter ce monde, mais vous, cherchez ce que j'ai caché dans ma vigne et rien ne vous manquera…
Une fois leur père mort, les enfants, pensant qu'il s'agissait d'un trésor, bêchèrent profondément tout le sol de la vigne…
Plus tard, la vigne bien labourée donna de beaux raisins…
Pas de trésor !
Mais du raisin en abondance !
Le véritable trésor, c'est le travail.
Marc Thil
40 Fables d'Ésope en BD

32 LE RENARD ET LES RAISINS

Un renard était affamé. En voyant des grappes de raisin pendre à une treille, il voulut les attraper.
Mais le raisin étant trop haut, il n'arriva pas à en manger...
Et il repartit toujours aussi affamé.
Oh ! ce raisin n'est pas mûr !
Pareillement, certains n'arrivent pas à mener à bien leurs affaires, car ils en sont incapables... Alors, ils accusent les circonstances.
Marc Thil 40 Fables d'Ésope en BD

33 LE ROSEAU ET L'OLIVIER

Je représente la force et l'endurance…
Toi, tu te plies en deux dès qu'il y a un souffle de vent !
Un vent violent ne tarda pas à souffler…
Puis ce fut la tempête…
Le roseau s'en tira facilement, mais l'olivier, qui luttait contre le vent, fut brisé.
CRAC
Ceux qui cèdent aux circonstances ou à la force ont l'avantage sur ceux qui rivalisent avec de plus puissants.
Marc Thil 40 Fables d'Ésope en BD

34 LE SAPIN ET LA RONCE

Moi, Je suis beau, élancé et haut. Je sers à construire les charpentes des maisons et les bateaux.
Comment oses-tu te comparer à moi, toi qui n'es qu'une ronce ?
Si tu te souvenais des haches et des scies qui te coupent, tu préférerais être à ma place !
On ne doit pas être orgueilleux de sa réputation, car une vie simple est sans danger !
Marc Thil 40 Fables d'Ésope en BD

35 LE VIEILLARD ET LA MORT

Un vieillard portait du bois qu'il venait de couper...
Mais le chemin était long...
Je n'y arrive plus, je suis épuisé.
Ah ! si la mort pouvait arriver !
Tu m'as appelée ?
Euh... non !... C'est juste pour que tu m'aides à soulever mon fardeau...
Même quand notre existence est dure, on tient à la vie !
Marc Thil 40 Fables d'Ésope en BD

36 LES BIENS ET LES MAUX

Les biens, trop faibles, furent chassés par les maux...
Ils montèrent alors au ciel.
Ô Zeus, comment doit-on se comporter avec les hommes ?
Vous irez voir les hommes, non pas tous ensemble, mais chacun à votre tour.
Voilà pourquoi chacun de nous est atteint sans cesse par les maux, alors que le bien se fait attendre !
Marc Thil 40 Fables d'Ésope en BD

37 LES DEUX SACS

Lorsque le Titan Prométhée façonna les hommes, il suspendit à leur cou deux sacs remplis de défauts...
Le premier sac devant, contenant les défauts des autres.
LES DÉFAUTS DES AUTRES
Le deuxième sac derrière, avec nos propres défauts.
MES DÉFAUTS
C'est pourquoi on ne voit pas nos propres défauts, mais on remarque tout de suite ceux des autres !
Avec moi, tout irait mieux !
LES DÉFAUTS DES AUTRES
Cette fable peut s'appliquer à l'homme aveugle pour ses propres affaires, mais toujours prêt à s'occuper de celles qui ne le regardent pas !
Marc Thil 40 Fables d'Ésope en BD

38 LES GRENOUILLES À L'ÉTANG DESSÉCHÉ

39 LES POTS

Un pot de terre et un pot de cuivre étaient emportés par le courant d'une rivière...
Éloigne-toi de moi, ne reste pas à mes côtés...
Car si tu me heurtes, je vole en éclats !
La vie n'est pas sûre quand on a un voisin puissant et rapace !
Marc Thil 40 Fables d'Ésope en BD

40 LES VOYAGEURS ET L'OURS

Attention, un ours !
Vite, dans un arbre !
Ouf !
Pas le temps de m'enfuir !... Mais on dit que les ours ne touchent pas aux cadavres : je vais faire le mort...
Une fois l'ours parti...
Que t'a dit l'ours à l'oreille ?
De ne plus voyager avec des amis qui me lâchent dans le danger !
C'est dans l'épreuve que l'on reconnaît ses vrais amis !
40 Fables d'Ésope en BD
Marc Thil

ORDRE ALPHABÉTIQUE DES FABLES

Découvrez tous les livres pour la jeunesse de Marc Thil, en version numérique ou imprimée, en consultant la page de l'auteur sur internet.

Le Mystère de la fillette de l'ombre

(Une aventure d'Axel et Violette)

• Axel a bien de la chance, car Tom le laisse conduire sa petite locomotive sur la ligne droite du chemin de fer touristique. Il est vrai que la voie ferrée, en pleine campagne, est peu fréquentée. Ce matin-là, tout est désert et la brume monte des étangs. Mais quand Axel aperçoit une fillette sur les rails, il n'a que le temps de freiner !

Que fait-elle donc toute seule, sur la voie ferrée, dans la brume de novembre ? Pourquoi s'enfuit-elle quand on l'approche ? Pour le savoir, Axel et son amie Violette vont tout faire afin de la retrouver et de percer son secret.

• Une aventure avec des émotions et du suspense qui pourra être lue à tout âge, dès 8 ans.

Le Mystère de la falaise rouge

(Une aventure d'Axel et Violette)

• Axel et Violette naviguent le long de la falaise sur un petit bateau à rames. Mais le temps change très vite en mer et ils sont surpris par la tempête qui se lève. Entraîné vers les rochers, leur bateau gonflable se déchire. Ils n'ont d'autre solution que de se réfugier sur la paroi rocheuse, mais la marée monte et la nuit tombe... Au cours de cette nuit terrible, un bateau étrange semble s'écraser sur la falaise.

Quel est ce mystérieux bateau et où a-t-il disparu ? Quel est l'inconnu qui s'aventure dans la maison abandonnée qui domine la mer ? Axel et Violette vont tout tenter afin de découvrir le secret de la falaise rouge.

• Une aventure avec des émotions et du suspense qui pourra être lue à tout âge, dès 8 ans.

Le Mystère du train de la nuit

(Une aventure d'Axel et Violette)

• Un soir de vacances, alors que la nuit tombe, Axel et son amie Violette découvrent un train étrange qui semble abandonné. Une locomotive, suivie d'un seul wagon, stationne sur une voie secondaire qui se poursuit en plein bois. Pourtant, deux hommes sortent soudainement du wagon qu'ils referment avec soin.

Que cachent-ils ? Pourquoi ne veulent-ils pas qu'on les approche ? Et pour quelle raison font-ils le trajet chaque nuit jusqu'à la gare suivante ? Aidés par la petite Julia qu'ils rencontrent, Axel et Violette vont enquêter afin de percer le secret du train mystérieux.

• Une aventure avec des émotions et du suspense qui pourra être lue à tout âge, dès 8 ans.

Vacances dans la tourmente

• À la suite de la découverte d'un plan mystérieux, Marion, Julien et Pierre partent en randonnée dans une région déserte et sauvage. Que cache donc cette ruine qu'ils découvrent, envahie par la végétation ? Que signifient ces lueurs étranges la nuit ? Qui vient rôder autour de leur campement ? Les enfants sont en alerte et vont mener l'enquête...

• Une aventure avec des émotions et du suspense pour faire découvrir aux jeunes lecteurs (8-12 ans) le plaisir de lire.

Histoire du chien Gribouille

• Arthur, Fred et Lisa trouvent un chien abandonné devant leur maison. À qui appartient ce beau chien ? Impossible de le savoir. À partir d'un seul indice, le collier avec un nom : Gribouille, les enfants vont enquêter. Mais qui est le mystérieux propriétaire du chien ? Pourquoi ne veut-il pas révéler son identité ? Et la petite Julie qu'ils rencontrent, pourquoi a-t-elle tant besoin de leur aide ?

• Une histoire émouvante qui plaira aux jeunes lecteurs de 8 à 12 ans.

Histoires à lire le soir

• 12 histoires variées, pleines d'émotions ou d'humour, pour faire découvrir aux jeunes lecteurs (8-12 ans) le plaisir de lire.

Histoire du petit Alexis

• Quand on a neuf ans et qu'on n'a plus de famille, la vie est difficile... mais le petit Alexis est plein de ressources et d'énergie pour trouver sa place en ce monde.

• Une histoire courte et émouvante, accessible aux plus jeunes lecteurs.

37166878R00058

Made in the USA
San Bernardino, CA
27 May 2019